ATTENTION !
Afin de respecter l'œuvre, ce volume est présenté dans son sens de lecture original.
Vous êtes ici à la fin du volume. Commencez par la dernière page et lisez les bulles de droite à gauche.

Scénario et dessin
KAHO MIYASAKA

Traduction
ARNAUD TAKAHASHI

Lettrage
LARA IACUCCI

Directeur de l'édition française **ALAIN GUERRINI**. Comité de direction **A. GUERRINI, A. DENECHERE, S. DALLAIN**. Directeur délégué **SÉBASTIEN DALLAIN**. Directeur éditorial européen **MARCO M. LUPOI**. Responsable éditorial **WALTER DE MARCHI**. Responsable marketing opérationnel **MARJORIE TODRANI**. Chef des ventes **GUILLAUME COUÉ**. Coordinatrice commerciale **VALÉRIE BRYNDZA**. Contrôleur de gestion **JÉRÔME TASSEL**. Communication et relations presse **SOPHIE CONY**. Coordinateurs éditoriaux **MATTEO LOSSO, ANNA RODELLA**. Supervision **LAETITIA SAMMARTINO**. Rédaction **VÉRONIQUE PARRA, SANDRINE VAUBOIS**. Rédacteur **MATTIA DAL CORNO**. Directeur artistique **MARIO CORTICELLI**. Conceptrice graphique **SABRINA PIU**. Maquettiste **CHIARA BENASSI**. Responsable production **ALESSANDRO NALLI**. Avec la collaboration de **J. BAGLIO, A. JODKOWSKI, MPG** et de toute l'équipe de Panini.

A ROMANTIC LOVE STORY 9
ISBN : 978-2-8094-1739-5.
Un ouvrage PANINI MANGA / PANINI FRANCE S.A. Commercialisation et relations média : PANINI FRANCE S.A. - Z.I. SECTEUR D - B.P. 62 - 06702 SAINT-LAURENT-DU-VAR CEDEX - www.paninimanga.fr - presse-bd@panini.fr - Tél. 04 92 12 57 57 / Fax 04 92 12 57 58.

Dépôt légal : février 2011. PANINI MANGA est une marque déposée par PANINI FRANCE S.A. Impression : MONDADORI PRINTING S.p.A. - Stabilimento NSM - 38023 Cles (TN). Imprimé en Italie / Printed in Italy.

PAR UN BEL APRÈS-MIDI D'ÉTÉ / FIN

ORIGINELLEMENT PUBLIÉ DANS LE NUMÉRO DE MARS 2010 DU MAGAZINE CHEESE !

CRUNCH
KE...
KEN-KEN...?!
KENKEN !
LÂCHE CETTE SUCETTE !
CE N'EST PAS À TOI !
KENKEN ! KENKEN !
ROUL
ガラ
IL FAIT UN TEMPS MAGNIFIQUE !

IL A...
DONNE LA PATTE !
... LA MÊME ODEUR !
L'ODEUR DU GARÇON QUI ÉTAIT TOUT LE TEMPS COLLÉ À KOTORI...!
ÉTRANGE... IL N'A PAS L'AIR DE M'AIMER...
HAAA...
JE N'ARRIVE TOUJOURS PAS À ME RÉSOUDRE À LES JETER.
...

TIENS ? KENKEN !
TU ES VENU M'ATTENDRE DEHORS ?
...
CE...
JE NE SAVAIS PAS QUE TU AVAIS UN CHIEN. MOI AUSSI, J'AIMERAIS BIEN EN AVOIR UN, MAIS IL Y A QUELQU'UN QUI NE VEUT PAS À LA MAISON...
QUI ? YUKITO ?
MERCI DE M'AVOIR RAMENÉE, MASAYA. ET DÉSOLÉE POUR LE DÉRANGEMENT : TU ÉTAIS SUR LE CHEMIN DE TON ÉCOLE DU SOIR !
PAS DE QUOI.
JE N'ALLAIS PAS LAISSER UNE FILLE RENTRER SEULE LE SOIR.
ET PUIS ÇA M'A FAIT PLAISIR.
SNIF SNIF
...
CETTE ODEUR...
OUI. LES CHIENS, CE N'EST PAS SON TRUC.
COMME TU ES BEAU, TOI !
AH BON ? ÇA M'ÉTONNE UN PEU...

PAR UN BEL APRÈS-MIDI D'ÉTÉ...
FUUUH
IL FAIT COMME SI C'ÉTAIT UNE CIGARETTE.
JE M'EN-NUIE.
CE SONT LES VACANCES D'ÉTÉ, MAIS HÉLAS...
... CETTE ANNÉE, ELLE A DÉCIDÉ DE TRAVAILLER.
COMME SI LES JOURNÉES QUE NOUS POUVONS PASSER ENSEMBLE N'ÉTAIENT PAS ASSEZ RARES COMME ÇA...
ENCORE TROIS HEURES...
ELLE A DIT QU'ELLE FINISSAIT À SIX HEURES.
IL LE SAIT GRÂCE À SON ESTOMAC-HORLOGE.
EN AVANT.

JE SAIS QUE CE N'EST PRESQUE RIEN, MAIS...
... N'AI-JE PAS LE DROIT DE VOULOIR METTRE ÇA SUR LE COMPTE DU DESTIN ?
IL Y A TANT DE CHOSES...
... QUI ME DONNENT L'IMPRESSION QUE, QUELQUE PART...
... LUI ET MOI SOMMES CONNECTÉS...
À SUIVRE

SAMEDI PROCHAIN ...
... TU VOUDRAIS VENIR AVEC MOI AU FESTIVAL ?
Roifraic
HEIN ?
C'EST EXACTEMENT CE QUE J'ÉTAIS VENUE LUI DEMANDER !
ENFIN...
QUAND JE DIS "AVEC MOI"... IL Y AURA AUSSI D'AUTRES PERSONNES... MAIS...
...
IL A PENSÉ À LA MÊME CHOSE ...

* À FAIRE - SHIFTS - CONGÉS

DODOM
ドギッ
SA... SALUT !
OH !
'LUT.
J'AI ENVIE DE L'INTERROGER SUR SA BLESSURE, MAIS...
... IL AVAIT INSISTÉ AUPRÈS D'ABE ET MASAKI POUR QU'ILS NE ME DISENT RIEN.
CE QUI NE PEUT SIGNIFIER QU'UNE CHOSE...
IL S'EST BLESSÉ À CAUSE DE MOI... EN CHASSANT LE DÉTRAQUÉ ?
IL... IL EST VRAIMENT GUÉRI !
QUELLE CAPACITÉ DE RÉCUPÉRATION !
FIXE

... JE TE DEMANDE PARDON.
D'ABORD, LES CINQ SUCETTES ...
... ET MAINTE-NANT, LES AUTRES QUI ME POUSSENT VERS LUI...
LE DERNIER REMPART, C'EST MOI.
JE DOIS PRENDRE MON COURAGE À DEUX MAINS ET L'INVITER À VENIR AU FESTIVAL.
KSCHA

… TU N'AS PAS INTÉRÊT À RECOMMENCER.
LA PROCHAINE FOIS, JE NE TE LE PARDONNERAI PAS.
CELA ÉTANT…
… C'EST DE MA FAUTE SI TU EN ES ARRIVÉE LÀ. ALORS…

TU NE CESSERAS JAMAIS DE ME SURPRENDRE...
IL N'Y A PAS DE QUOI S'ÉMERVEILLER...
ÇA ME LAISSE SANS VOIX.
TOUT CE QUE TU VIENS DE ME DIRE... C'EST VRAI ?
À CENT POUR CENT.
JE VOIS...
ALORS C'ÉTAIT JUSTE ÇA !
HÉ !
POURQUOI TU RIS ? TU TE MOQUES ENCORE DE MOI ?
NON.
JE RIS POUR NE PAS PLEURER DE MON AVEUGLEMENT ET DE MON MANQUE DE DISCERNEMENT.
EN TOUT CAS...

KOTORI EN ELLE-MÊME, JE M'EN FICHE.
COMMENT ÇA ?
MON PROBLÈME, C'EST TOI.
DEPUIS LE COLLÈGE, TU AS TOUJOURS ÉTÉ UN GARÇON POPULAIRE. DE CEUX QUI PROVOQUENT LES JALOUSIES. MAIS QUOI QUE JE PUISSE FAIRE, JE N'AI JAMAIS RÉUSSI À ATTIRER TON ATTENTION.
ARRIVE CETTE FILLE, QUI, CONTRAIREMENT À MOI, N'INTÉRESSE NORMALEMENT PERSONNE. EN DEUX TEMPS, TROIS MOUVEMENTS, ELLE SORT AVEC TOI.
MOI, QU'AUCUN GARÇON N'A JAMAIS REFUSÉE...
... J'AI EU L'IMPRESSION DE ME FAIRE DÉPASSER. PAR UNE FILLE TRANSPARENTE. ÇA M'A BLESSÉE DANS MA FIERTÉ.
MATSUSHIMA..

QU'EST-CE QUE TU RACONTES ? TU TE MOQUES DE MOI ?
OU ALORS TU TE FAIS UN FILM.
À T'ENTENDRE, ON CROIRAIT QUE JE SUIS AMOUREUSE DE TOI...
... ET QUE TU M'ACCORDES TA PITIÉ.
MATSU-SHIMA.
PFFF... DE TOUTE FAÇON, TU NE COMPRENDRAS JAMAIS PAR TOI-MÊME, ALORS LAISSE-MOI T'EXPLIQUER.
VINTA
CRAM CHIC

EXCUSE-MOI D'AVOIR ÉTÉ AVEUGLE AU POINT DE TE POUSSER À EN ARRIVER LÀ.
TOUT COMME J'AI ÉTÉ AVEUGLE...
... FACE AUX INQUIÉTUDES ET À L'INSÉCURITÉ DE KOTORI.

DÉPÊCHE-TOI DE CRACHER LE MORCEAU, JE N'AI PAS QUE ÇA À FAIRE.
TU SAIS POURQUOI JE T'AI DEMANDÉ DE VENIR.
PFFFF... OK.
ET ALORS ?
TU M'A APPELÉE POUR ME SERMONNER ?
EXCUSE-MOI.
VINTAGE

YUKITO... EST INTER-VENU ?
TU VOU-LAIS...
... ME PARLER ?

AU FAIT...
KOTORI KAJI !
LE DÉTRAQUÉ QUI TE SUIVAIT, ON LUI A RÉGLÉ SON COMPTE AVEC YUKITO HIER SOIR. TU N'AS PLUS RIEN À CRAINDRE.
OUAH ! IDIOT !
YUKITO NOUS AVAIT DEMANDÉ...
... DE SURTOUT PAS LUI DIRE !
OUPS... J'AVAIS OUBLIÉ.
MAIS CE N'EST PAS GRAVE.
TU M'EN DOIS UNE ! NE L'OUBLIE PAS !
ALLEZ, CIAO !
RAAAH...

...
EUX...
... ALORS !
SUR CE, ON VOUS LAISSE.
NOUS, ON VA PAR LÀ.
SALUT !
POUR L'HEURE DU RENDEZ-VOUS ET TOUT ÇA, ON SE RÉ-CONTACTE PAR E-MAIL.

TU N'AS QU'À INVITER QUEL-QU'UN, TOI AUSSI : PLUS ON EST DE FOUS, PLUS ON RIT !
HEIN ...?
AU HASARD : LE GARÇON AVEC LEQUEL TU AIMERAIS LE PLUS PASSER UN SAMEDI APRÈS-MIDI.
LE GARÇON AVEC LEQUEL...
... J'AIMERAIS PASSER UN SAMEDI APRÈS-MIDI... ?

JE ME DEMANDE COMMENT IL S'EST FAIT ÇA...
E... EUH, AUCUNE IDÉE. MAIS NE T'INQUIÈTE PAS.
IL AVAIT QUAND MÊME L'AIR EN FORME ! IL GUÉRIRA VITE.
C'EST CE QUE JE PENSE AUSSI ! IL A BIEN DIT À VOS COLLÈGUES QU'IL SERAIT RAPIDEMENT DE RETOUR, NON ?
SI...
MAIS... UNE FRACTURE, JE NE VOIS PAS COMMENT ÇA POURRAIT GUÉRIR VITE...
YUKITO EST TELLEMENT IMPRÉVISIBLE QU'AVEC LUI, ON NE SAIT JAMAIS !
TU CONNAIS LE DICTON : MOINS IL Y EN A DANS LE CRÂNE, PLUS ÇA GUÉRIT VITE.
ARRÊTE D'INVENTER N'IMPORTE QUOI.
J'ESPÈRE QU'IL SERA SUR PIED POUR LA FÊTE.
QUELLE FÊTE ?
SAMEDI PROCHAIN, IL Y A UN FESTIVAL D'ÉTÉ. NOUS AVONS PRÉVU D'Y ALLER AVEC ABE. ÇA TE DIRAIT DE VENIR ?
À MOINS QUE TU NE TRAVAILLES ?
SAMEDI PROCHAIN, NON, JE NE TRAVAILLE PAS.
SUPER !

SA BLESSURE... QU'EST-CE QUE TU EN PENSES ?
HMM...
MAL. TRÈS MAL.
IL A UNE FRACTURE.
UNE FRACTURE MULTIPLE. COMMINUTIVE, MÊME.
CLAC
CLAC
À... À CE POINT-LÀ...?
OUI. PIRE, EN FAIT. IL EST IMMOBILISÉ.
AÏE !
OUILLE !
...
?
...

YO !
SA... SALUT.
PAREIL... D'AILLEURS, QU'EST-CE QU'IL FAIT ICI...?
JE SUIS CURIEU-SE DE SAVOIR.
...
AH... EUH...
LUI ET MOI, ON S'ÉTAIT DÉJÀ CROI-SÉS UNE FOIS AVEC YUKITO DANS UN CAFÉ.
HIER, JE SUIS ALLÉ CHEZ YUKITO, ET IL ÉTAIT LÀ.
CE COUP-CI, ON A SYMPA-THISÉ, ET VOILÀ...
A... ABE ! TU ES ALLÉ CHEZ YUKITO ?
COMMENT VA SA BLES-SURE ?
HEIN ?

NATSUME ! ÇA FAIT LONG-TEMPS !
TU AS CHANGÉ DE COIF-FURE !
DÉSOLÉE POUR LE SILENCE RADIO, J'AI ÉTÉ TRÈS OCCUPÉE.
TU N'AS PAS À T'EXCUSER ! JE SUIS CONTENTE DE TE VOIR ! ♡
NEW YORK Cafe
SALUT KAJI ! COMMENT VA TON TRAVAIL ?
PAS MAL, MERCI, ABE. TOI AUSSI, ÇA FAIT LONG-TEMPS !
MAIS IL Y A UNE AUTRE PERSONNE À CETTE TABLE QUE JE N'AVAIS PAS VUE DEPUIS LONG-TEMPS...
チラ…
REGAR-DE

MAIS DE RIEN, VOYONS !
C'EST MÊME MOI QUI TE L'AVAIS PROPOSÉ !
LE DÉTRAQUÉ...
... NE SEMBLE PAS ÊTRE LÀ.
MAIS LE MALAISE À L'IDÉE D'ÊTRE SEULE AVEC SHITARA, LUI, EST BIEN PRÉSENT.
ARRÊTEZ DE FAIRE DES MESSES BASSES, TOUTES LES DEUX !
...
C'EST ÇA, C'EST ÇA.
GRRR !
AU FAIT, SHITARA : LE DVD QUE TU M'AS PRÊTÉ L'AUTRE JOUR, TU N'AS PAS MIS LE BON DISQUE DANS LA BOÎTE.
EUH... C'ÉTAIT UNE SURPRISE.
TU PARLES.
♪ ♪ ♪ ♪
QUI ÇA PEUT ÊTRE ?
OH !

JE NE VEUX PAS LA VOIR RIRE AVEC LUI.
NI...
... D'AILLEURS...
... AVEC PERSONNE !
...
POURQUOI TU VIENS AVEC NOUS, HARUNA ?
AU MILIEU, EN PLUS ?
TU N'ES PAS EN BÉCANE, AUJOURD'HUI ?
SI TU AS UN PROBLÈME, RIEN NE T'EMPÊCHE DE RENTRER TOUT SEUL.
PAS QUESTION !
ME... MERCI, HARUNA.

... QU'EST-CE QUE...
... JE FERAIS ?
JE NE...
... LE SUPPORTERAIS...
... PAS.

DIS-JE, ALORS QUE C'EST MOI-MÊME QUI LUI AI DEMANDÉ DE LE FAIRE... ALLONS, MON VIEUX YUKITO : NE TE LAISSE PAS ABATTRE.
SAUF QUE ...
« DIS DONC, IL NE PERD PAS DE TEMPS, LE NOUVEAU...
« ... SI TU VEUX MON AVIS, IL VA VITE LA FAIRE PASSER À LA CASSEROLE. »
...
OUI... DANGEREUX... IL EST DANGEREUX. J'EN SUIS SÛR, MAINTENANT.
ARRRRGH ! J'AI...
J'AI IMAGINÉ LA SCÈNE !
...
SI JAMAIS...
... KOTORI EN VENAIT EFFECTIVE-MENT...
... À SORTIR AVEC SHITARA...

LA PROCHAINE FOIS QUE TES PETITS COPAINS SE RAMÈNENT ET QU'ILS ME LAISSENT UN BAZAR COMME CELUI-LÀ... JE LES TRUCIDE !
PARDON, Ô GRAND MAÎTRE DU MÉNAGE !
JE VAIS TOUT RANGER... CE SERA NICKEL ! JE TE PROMETS !
POF
HAAA...
JE M'EN-NUIE.
C'EST BIENTÔT L'HEURE DE LA FIN DU TRAVAIL.
JE ME DEMANDE SI SHITARA VA LA RACCOMPA-GNER, AUJOUR-D'HUI AUSSI.

QU'EST-CE QUI S'EST PASSÉ, POUR QUE TU TE BLESSES COMME ÇA ?
C'EST LA FAUTE DE RYOSUKE...
MOI ? TU EXAGÈRES.
C'EST TOI QUI M'ES TOMBÉ DESSUS.
JE NE COMPRENDS RIEN ! RACONTEZ !
TU AS ENCORE FAIT PLEURER CETTE PAUVRE KOTORI ?
QUOI ?
ATTENDS, JE VAIS T'EXPLIQUER EN ABRÉGÉ.
IL N'Y A PAS MATIÈRE À ABRÉGER !
FLOWER COMIC
...

UNE FILLE QUI LE PREOCCUPE TELLEMENT QU'IL EN ARRIVE À LA FILER DANS LA RUE !
PAS VRAI ?
...?
DIS DONC, IL PREND SES AISES, CE GARÇON... J'AI L'IMPRESSION DE L'AVOIR DÉJÀ VU.
C'EST UN DE TES AMIS ? JE CROYAIS QUE TU ÉTAIS SEUL.
EUH...
NE FAIS PAS ATTENTION À LUI.
DIS-TOI QUE C'EST UN MEUBLE.
TU ÉTAIS VENU POUR QUOI, AU JUSTE, ABE ?
EUH ...
POUR VOIR COMMENT TU ALLAIS, BIEN SÛR, ET PUIS AUSSI POUR T'INVITER À UN FESTIVAL DE QUARTIER.
UN FESTIVAL ?
DIS PLUTÔT...
... LA FILLE EN QUESTION... C'EST KOTORI KAJI ?
!

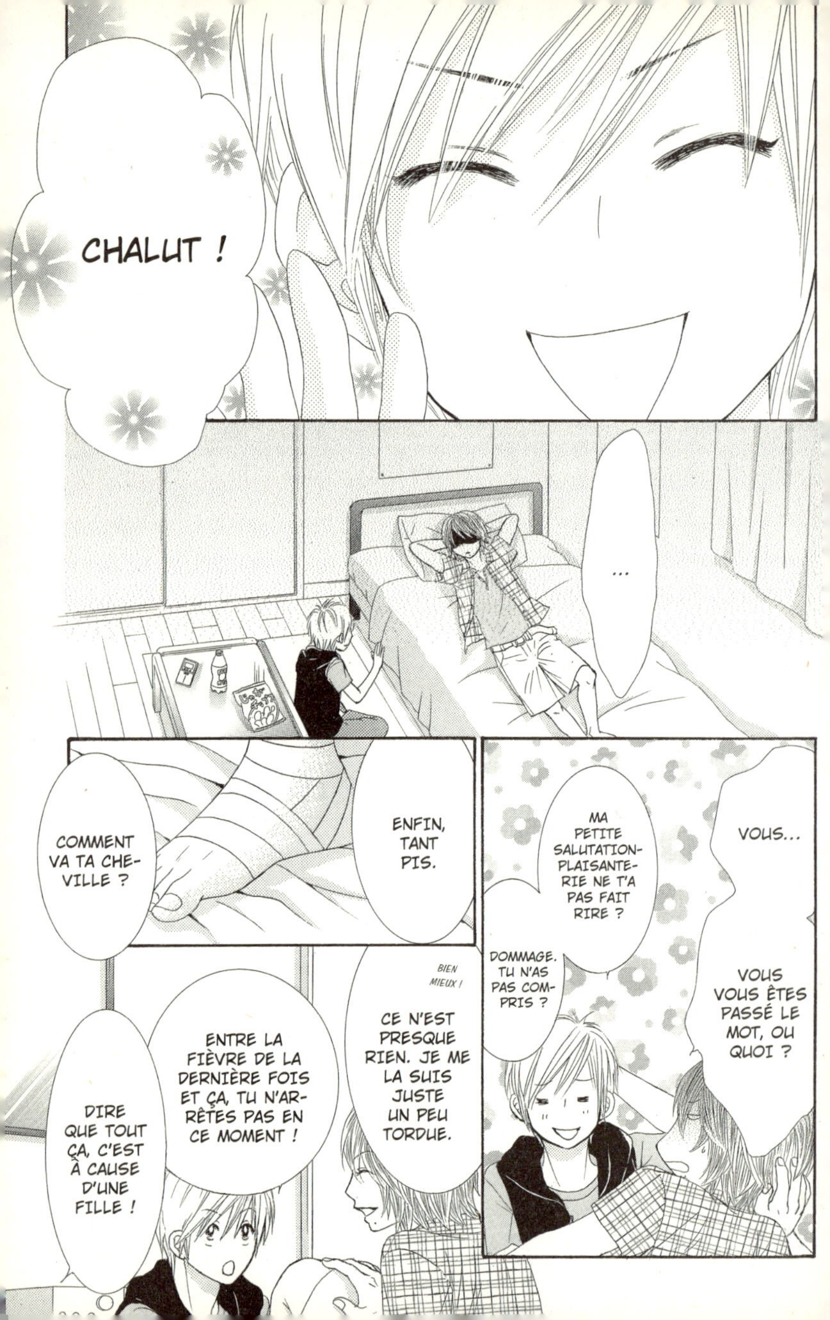
CHALUT !
...
VOUS...
MA PETITE SALUTATION-PLAISANTERIE NE T'A PAS FAIT RIRE ?
VOUS VOUS ÊTES PASSÉ LE MOT, OU QUOI ?
DOMMAGE. TU N'AS PAS COMPRIS ?
ENFIN, TANT PIS.
COMMENT VA TA CHEVILLE ?
BIEN MIEUX !
CE N'EST PRESQUE RIEN. JE ME LA SUIS JUSTE UN PEU TORDUE.
ENTRE LA FIÈVRE DE LA DERNIÈRE FOIS ET ÇA, TU N'ARRÊTES PAS EN CE MOMENT !
DIRE QUE TOUT ÇA, C'EST À CAUSE D'UNE FILLE !

MÊME QUAND TU N'ES PAS CONTENTE, TU ES JOLIE !
?!
TU ES INQUIÈTE POUR TON HOMONYME ?
C'EST POUR ÇA QUE JE SUIS OBLIGÉ DE PROCÉDER ÉTAPE PAR ÉTAPE…
HEIN ?
NON, RIEN.

PAS EN COLÈRE.
MAIS GÊNÉE.
POUR-QUOI ?
POURQUOI...?
PARCE QUE !
EN TOUT CAS, À L'AVENIR, ÉVITE DE DIRE DES CHOSES QUI PRÊTENT À CONFUSION DEVANT LES AUTRES !
SUU
!

SHI...
ちょ
SHITARA !
VOUS...
... NE SAUREZ RIEN. ♡
...
C'EST ENCORE PLUS LOUCHE !
TOUT LE MONDE ! FAITES MOINS DE BRUIT !
YAMA-GAMI EST LÀ.
IL FAUT QUE JE ME DÉPÊCHE DE REN-TRER.
MOI, MA PAUSE EST FINIE.
TU ES EN COLÈRE ?

SALUT.
MAEDA. TU AS FINI TON SHIFT ?
TIENS !
SALUT KOTORI !
MERCI POUR HIER. ON S'EST BIEN AMUSÉS.
BIEN AMUSÉS ?!
QU'EST-CE QUE ÇA SIGNIFIE ?
ALORS FINALEMENT, VOUS SORTEZ BEL ET BIEN ENSEMBLE, TOUS LES DEUX ?
HEIN ?
COMMENT ÇA, "BEL ET BIEN" ?
SI VOUS SORTEZ ENSEMBLE, POURQUOI LE CACHER ?
JE NE CACHE RIEN... JE...
ACCOUCHE !
ON VEUT DES EXPLICATIONS.

* AUCUN RETARD NE SERA TOLÉRÉ

CINQ...
IL EN EST SORTI CINQ...
COMME... COMME LA FOIS...
LA FOIS... AVEC YUKITO...
CE N'EST PEUT-ÊTRE QU'UN HASARD...
MAIS... EST-CE QUE ÇA SIGNIFIE QUE J'AI LE DROIT D'ESPÉRER ? MÊME UN PETIT PEU ?

MOI ? QUE DALLE !
JE NE FAIS QUE FAIRE CE QU'ON ME DIT.
TON EX...?
MON EX... ELLE M'A DEMANDÉ DE SUIVRE CETTE FILLE. JUSTE LA SUIVRE, RIEN DE PLUS. POUR LUI FAIRE PEUR.
MATSUSHIMA ?
ELLE M'A PROMIS QUE SI J'OBÉIS-SAIS, ELLE SE REMET-TRAIT AVEC MOI.
ZWUN
ズキ
AÏE !
YUKITO ?
QU'EST-CE QUE TU AS ?
HÉ !
C'EST DONC MATSUSHIMA...
... QUI SERAIT DERRIÈRE TOUT ÇA ?

...
POU...
POURQUOI TU AS SAUTÉ, TOI AUSSI ?!
FAUT SE CALMER !
QU'EST-CE QUE TU ME VEUX, À ME COURIR APRÈS DEPUIS TOUT À L'HEURE ? T'ES QUI, D'ABORD ?
HEIN ?
Y A UN TRUC QUI A FAIT "CRAC" !
HÉ HÉ ! CHAIS PAS... J'AI EU ENVIE.
QUI JE SUIS ...?
IL NE ME RECONNAÎT PAS !
ÇA DOIT ÊTRE À CAUSE DE MES CHEVEUX DÉCOLORÉS.
JE COMPRENDS TA SURPRISE.
HA HA HA !
...
POURQUOI EST-CE QUE TU SUIS KOTORI À LA TRACE ? QU'EST-CE QUE TU LUI VEUX ?
TAC

WOF
YUKITO !
TOUT VA BIEN ?
AÏE !
CRAC
BLOF

HAA
HAA
HAA
J'AI RÊVÉ ?
QU'EST-CE QU'IL A À ME COURIR APRÈS, CE TYPE ? C'EST UN MALADE !
HAA
HAA
JE T'AI DIT...
BAA
...D'ATTENDRE !
!!

QUE ...?!
MAIS... C'EST ...
YUKITO ?
KOTORI.
ハッ
HA
...
COMME TU NE REVENAIS PAS DES TOILETTES, JE ME SUIS INQUIÉTÉ !
QU'EST-CE QUE TU FAIS ICI ?
EUH...
EXCUSE-MOI...

...
IL...
IL Y EN A..
... CINQ.
SERRE
REVIENS !

?
HEIN ?
RIEN...
HÉÉÉ !
C'EST UNE BLAGUE ?!
NE ME DIS PAS QUE C'EST ÇA, TA RÉPONSE ?!
RIEEEEN !
ボト
POC
ボト
POC
ボト
POC

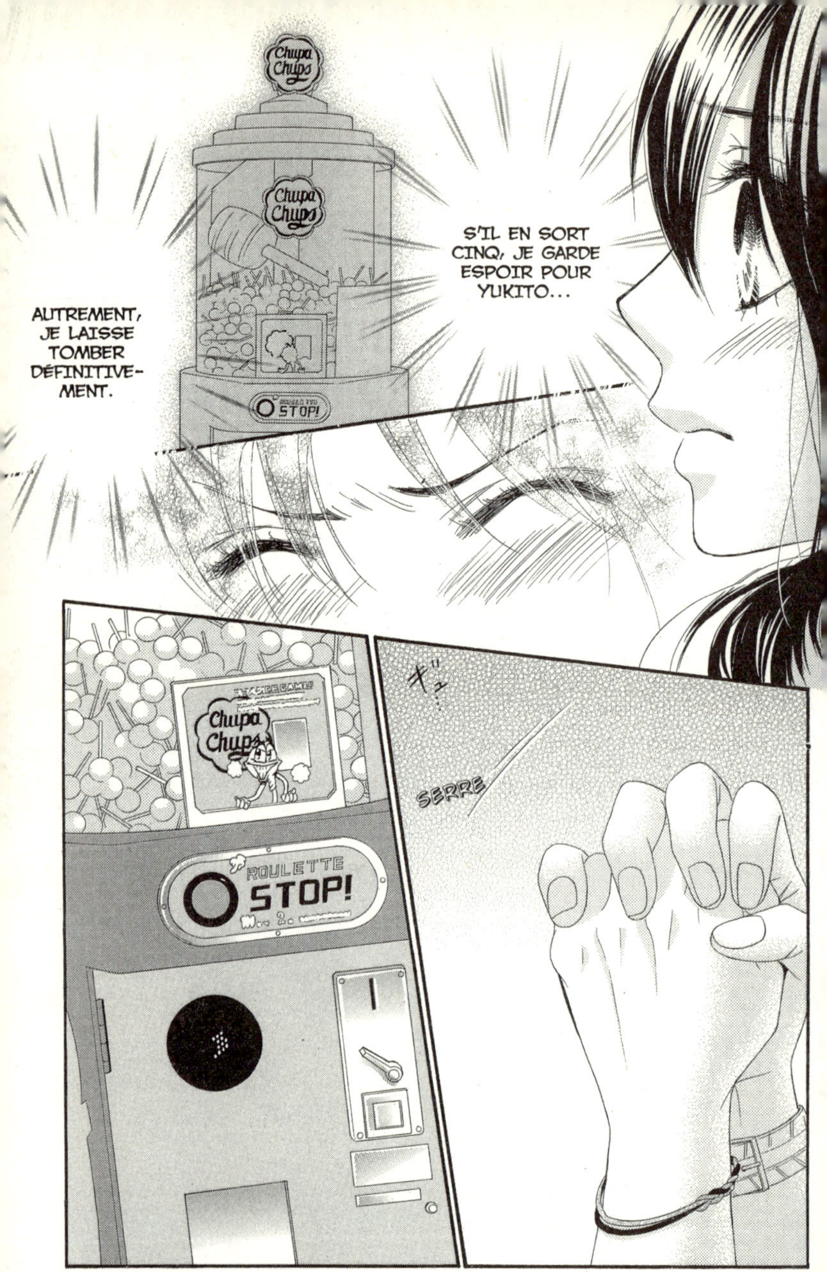
Chupa Chups
S'IL EN SORT CINQ, JE GARDE ESPOIR POUR YUKITO...
AUTREMENT, JE LAISSE TOMBER DÉFINITIVEMENT.
ギュ…
SERRE
ROULETTE STOP!

A ROMANTIC LOVE STORY

36TH LESSON

JE NE M'ÉTAIS PAS TROMPÉ ! C'EST BIEN L'EX DE MAT-SUSHIMA !
TAC
ガッ
HÉ ! TOI !

...!
IL...
IL EST LÀ !
C'EST BIEN LUI !
L'EX DE MATSU-SHIMA !

...
PLUS JE RESTE ICI, ET PLUS LE SOUVENIR DE NOTRE PREMIÈRE SORTIE AVEC KOTORI ME HANTE...
HAAAA...
HM...?

JE SAIS BIEN...
... QUE C'EST IDIOT DE FAIRE ÇA.
MAIS UNE PARTIE DE MOI...
... REFUSE D'ABANDONNER...
CETTE PARTIE VEUT CONTINUER À ESPÉRER...
... ET EST PRÊTE À SAUTER SUR N'IMPORTE QUEL PRÉTEXTE...
SI J'EN GAGNE CINQ, JE GARDE ESPOIR POUR YUKITO.
SINON, J'ABANDONNE DÉFINITIVEMENT.
ALLEZ !
ROULETTE
ポチ
CLIC

À CE PROPOS... LE DISTRIBUTEUR DE TOUT À L'HEURE...
Chupa Chups
STOP!

HEIN ?
QU'EST-CE QU'IL Y A ? QUELQUE CHOSE NE VA PAS ?
EUH...
ÇA TE DÉRANGE SI JE VAIS AUX TOI-LETTES, D'ABORD ?
NON ...
... JE T'EN PRIE.
TOILET
DEPUIS QUE NOUS SOMMES ENTRÉS ICI, IL M'A LÂCHÉ LA MAIN. C'EST DÉJÀ ÇA.
MAIS POUR LA SUITE... QUE FAIRE ?
JE NE PEUX PAS PRENDRE UN PURIKURA AVEC LUI !
ÇA ME RAPPELLERAIT TROP...
... NOTRE PREMIÈRE SORTIE AVEC YUKITO...

* TESTEZ VOTRE COMPATIBILITÉ ! AMIS... OU PLUS ?

** COMPATIBILITÉ
*** PURIKURA = PETITE PHOTO AUTOCOLLANTE PERSONNALISÉE, TRÈS POPULAIRE CHEZ LES COUPLES.

TU ES...
HA HA !
JE JOUE BEAUCOUP AUX JEUX VIDÉO.
... TROP FORTE.
BEAUCOUP TROP FORTE, KOTORI.
COMMENT TU FAIS ?
C'EST VRAI ? JE N'AURAIS PAS IMAGINÉ !
ILS...
ILS M'ONT FAIT...
... PEUR, CES IDIOTS.
HA HA !
JE NE T'AVAIS JAMAIS VU AUSSI PANIQUÉ.
SÉRIEUSEMENT...
IL FAUDRAIT ÊTRE BÊTE POUR FAIRE ÇA DANS UN ENDROIT PAREIL.
C'EST DE TA FAUTE, AUSSI !
* CHANGE
*両替機

OÙ SONT-ILS PASSÉS ?
IL L'A PEUT-ÊTRE EMMENÉE AUX TOILETTES...
QUOI ...?!
OU...
OUAAH ...
KO... KOTORI...
JE... JE N'EN PEUX PLUS...
!!
QU'EST-CE QU'ILS FABRIQUENT ?!
JE...
JE NE PEUX PLUS RÉSISTER...
SHITA-RAAA !

ALLONS-Y !
HEIN ? OÙ ÇA ?
JE DOIS VENIR ?
SHITARAAAAA !
JE N'AURAIS JAMAIS DÛ TE DEMANDER DE LA RACCOMPAGNER !
ESPÈCE DE TRAÎTRE !
MOI QUI ESPÉRAIS POUVOIR CHERCHER LE DÉTRAQUÉ L'ESPRIT TRANQUILLE EN TE LA CONFIANT !
IMBÉCIIIIIILE !

TRANSFORMONS CE DÉBUT DE SOIRÉE EN SORTIE !
"FAISONS UNE SORTIE DE COUPLE !"
GAM
TU AS VU ? ILS VONT À LA SALLE DE JEU.
OU PLUTÔT, LE TYPE EMMÈNE DE FORCE KOTORI KAJI DANS LA SALLE DE JEU.
IL AURAIT UNE IDÉE DERRIÈRE LA TÊTE QUE ÇA NE M'ÉTONNE-RAIT PAS.
...!

Chupa Chups
Chupa Chups
STOP!
TIENS ...?!
?
QU'EST-CE QU'IL Y A ?
EUH... RIEN...
J'ÉTAIS JUSTE SURPRISE DE VOIR UNE SALLE DE JEU ICI.
ON VA Y FAIRE UN TOUR ?
HEIN ?
ALLEZ, VIENS ! ALLONS NOUS AMUSER !
EUH ...
JE...

ニコ
...
IL FAUT CROIRE QUE OUI.
QUE FAIRE... ?

* RIKA
** LIBRAIRIE

QU'EST-CE QUE C'EST QUE CETTE AMBIANCE ROMANTIQUE ?!
POURQUOI ELLE LUI DONNE LA MAIN, TOUT À COUP ?!
Y A DE L'ABUS, LÀ !
CE SHITARA EST DANGEREUX !
DIS DONC, IL NE PERD PAS DE TEMPS, LE NOUVEAU.
SI TU VEUX MON AVIS, IL VA VITE LA FAIRE PASSER À LA CASSEROLE.

OUI, POURQUOI ?
TU N'AIMES PAS ÇA ?
CE...
C'EST EMBARRAS-SANT, COMME QUESTION...
JE NE SAIS PAS QUOI RÉPONDRE...
PARDON.
...
HÉÉÉÉÉÉÉÉ !!

S'IL NOUS VOIT COMME ÇA, LE DÉTRAQUÉ Y RÉFLÉCHIRA À DEUX FOIS AVANT DE S'APPROCHER !
LÂCH...
EN...
ぐ
TAC
ENCORE CETTE MAIN...
NOUS NE SAVONS PAS À QUI NOUS AVONS AFFAIRE.
IL VAUT MIEUX LUI FAIRE CROIRE QUE TU AS UN PETIT AMI !
SHI...
SHITARA... TU...
... TU ES TOUJOURS AUSSI DIRECTIF ?

QUE...?!

C'EST LA PREMIÈRE FOIS QUE JE RENTRE SEULE AVEC SHITARA.
JE NE TROUVE PAS DE SUJET DE CONVERSA-TION.
SACHANT CE QU'IL ÉPROUVE POUR MOI...
...
... JE NE SAIS PAS DE QUOI LUI PARLER.

ELLE A MÊME UN NOUVEAU COPAIN. BRAVO !
TOUJOURS AUSSI STRESSANT, TOI.
MON PAUVRE YUKI-TO...
... CETTE RUPTURE T'AFFECTE AU POINT DE LA SUIVRE DANS LA RUE...
TU ÉCOUTES CE QUE JE TE DIS ?
VA-T'EN. RENTRE CHEZ TOI.
D'ABORD...
... JE NE LA SUIS PAS.
JE VOULAIS JUSTE VÉRI-FIER QUELQUE CHOSE.
AH OUI ? QUOI DONC ?

ZIP
TIENS, TE REVOILÀ.
PSCHIII
QU'EST-CE QUE TU FABRIQUES ?
...

DIS DONC, ÇA FAIT LONGTEMPS QU'ON NE S'EST PAS VUS. TU POURRAIS AU MOINS FAIRE SEMBLANT D'ÊTRE CONTENT.
AVOIR UN PETIT MOT GENTIL, GENRE "TIENS, TES CHEVEUX ONT POUSSÉ", OU "TIENS, TU ES DEVENU ENCORE PLUS BEAU".
ARRÊTE DE RÊVER.
RAAH ! ESPÈCE DE CRÉTIN !
QUOI ?
CRÉTIN ?!
NOUS VOILÀ CÉLIBATAIRES TOUS LES DEUX !
UNIS DANS LA SOUFFRANCE !
NOUS VOICI PRÉSIDENT ET VICE-PRÉSIDENT DE LA BRANCHE TOKYOITE DU CLUB DES CÉLIBATAIRES.
PARLE POUR TOI.
PAR TA FAUTE, JE LES AI PERDUS DE VUE !
HÉ !
!
*カラ

* KARAOKÉ

CHALUT !
QU'EST-CE QUE TU FAIS PLANQUÉ ICI ?
YO !
J'AI À FAIRE. BYE.
ADIEU.
HÉÉÉ !
C'EST COMME ÇA QUE TU FÊTES TES RETROUVAILLES AVEC TON VIEUX COPAIN RYOSUKE ?
ON M'A DIT POUR TA RUPTURE...
... AVEC KOTORI KAJI.

TSSSSK !
JE COMMENCE À M'INQUIÉTER À TON SUJET.
IL EST TOUT LE TEMPS COMME ÇA AVEC LES FILLES ?
SHITARA... PLUS ÇA VA, ET MOINS TU ME PLAIS !
EH BIEN, EH BIEN !
TU VAS TE MORFONDRE DANS TES REGRETS ENCORE LONGTEMPS ?

... JE SUIS INQUIET.
PEUT-ÊTRE QUE LE DÉTRAQUÉ RÔDE ENCORE.
CE GARÇON... IL EST VRAIMENT... EUH...
SHI... SHITARA...
ET PUIS...
TOI-MÊME, TU SERAIS PLUS RASSURÉE EN ÉTANT ACCOMPAGNÉE. JE ME TROMPE ?
...
NON. TU AS RAISON.

JE TE RACCOMPAGNE.
ALLONS-Y !
EUH...
A... ATTENDS...
ÇA... ÇA VA ALLER.
JE VAIS RENTRER SEULE.
APRÈS CE QUI S'EST PASSÉ HIER ?
TU TREMBLAIS COMME UNE FEUILLE, JE TE RAPPELLE.
JE SAIS : TU AS PEUR QU'EN ACCEPTANT, JE ME FASSE DE FAUX ESPOIRS.
NE T'INQUIÈTE PAS POUR ÇA.
DES ESPOIRS, ÇA FAIT LONGTEMPS QUE JE M'EN FAIS.
QUOI...?!

MATSUSHIMA... ELLE ME DÉTESTE ENCORE.
MALGRÉ LE FAIT QUE JE NE SOIS PLUS AVEC YUKITO.
PEUT-ÊTRE N'EST-ELLE PAS AU COURANT ? SI C'EST LE CAS, ÇA VEUT PEUT-ÊTRE DIRE QUE CE N'EST PAS ELLE QUE YUKITO AIME.
ÇA RECOMMENCE : JE ME SENS RASSURÉE.
PEUT-ÊTRE AUSSI QU'IL CONSIDÈRE QUE CE N'EST PAS SUFFI-SAMMENT IMPORTANT...
... POUR LUI EN PARLER ?
OUF ! KOTORI ! TU N'ES PAS ENCO-RE PARTIE !
!
RENTRONS ENSEMBLE !
HEIN ?

JE COMPTE SUR TOI.
…
J'ESPÈRE QUE LE DÉTRAQUÉ NE SERA PAS LÀ AUJOURD'HUI.
SI JAMAIS IL RECOMMENCE À ME SUIVRE, QU'EST-CE QUE JE VAIS FAIRE… ?
JE NE VEUX PAS EMBÊTER LES GENS DU TRAVAIL AVEC MES HISTOIRES…
CE QU'A DIT MATSUSHIMA TOUT À L'HEURE, ÇA SIGNIFIE DEUX CHOSES.
LA PREMIÈRE : J'AI BEL ET BIEN ÉTÉ SUIVIE. CE N'ÉTAIT PAS MON IMAGINATION.
LA SECONDE : MATSUSHIMA EST, D'UNE FAÇON OU D'UNE AUTRE, LIÉE À TOUT ÇA.

RESTER TROP PRÈS SERAIT LE PIRE MOYEN DE LA PROTÉGER.
JE CONNAIS L'AMOUR QUE TU LUI PORTES. JE SERAI RAS-SURÉ DE LA SAVOIR AVEC TOI.

QUE JE LA RACCOMPAGNE...?
JE L'AURAIS FAIT SANS QUE TU ME LE DEMANDES, MAIS...
BON.
TE CONNAISSANT, JE M'EN DOUTAIS, MAIS JE VOULAIS ÊTRE SÛR.
JE CROYAIS QUE KOTORI...
... N'ÉTAIT PLUS RIEN POUR TOI ?
C'EST EN TANT QU'EX QUE JE TE LE DEMANDE.

DÉSOLÉ DE T'APPELER COMME ÇA, PENDANT TA PAUSE.
IL N'Y A PAS DE MAL.
QU'EST-CE QUE TU ME VEUX ?
J'IMAGINE QUE C'EST EN RAPPORT AVEC KOTORI ?
PERSPICACE.
JE SUIS DÉSOLÉ DE TE DEMANDER ÇA DE CETTE FAÇON, MAIS...
... J'AIMERAIS QU'À PARTIR D'AUJOURD'HUI, TU LA RACCOMPAGNES APRÈS LE TRAVAIL.

COMMENT...
COMMENT SE FAIT-IL...
... QUE MATSUSHIMA SOIT AU COU-RANT ?!

MOI QUI ESPÉRAIS QUE TA PETITE EXPÉRIENCE D'HIER T'AURAIT TROUBLÉE.
DOMMAGE.
HEIN...?!

KAJI.
SOURIRE.
OUPS...?!
YAMAGAMI...
VOI...
VOICI TA COMMANDE...
ÇA FERA 250 YENS.
RAREMENT VU UN SOURIRE AUSSI EFFRAYANT.
ARGH !
TU AS L'AIR D'AVOIR LA PÊCHE...
ZUT.

MA...
MATSUSHIMA... QU'EST-CE QU'ELLE FABRIQUE ICI ?!
QU'EST-CE QUE TU AS À BLOQUER ?
ÇA FAIT UN BAIL !
EUH...
UN SODA "S" ET UNE FRITE...
SUR PLACE OU À EMPORTER ?
À EMPORTER.
ENTENDU.
À EMPORTER.
TIENS ? YUKITO N'EST PAS EN CAISSE ?
DOMMAGE. MOI QUI ESPÉRAIS POUVOIR LUI PARLER UN PEU.
ALORS C'ÉTAIT ÇA... ELLE ÉTAIT VENUE VOIR YUKITO.
ILS CONTINUENT À BIEN S'ENTENDRE ...?
SI ELLE SAIT QU'IL TRAVAILLE ICI, ÇA VEUT DIRE QU'ILS SE SONT PARLÉ ?

VOICI VOTRE COMMANDE.
BON APPÉTIT.
MERCI.
AVEC LE SPECTACLE AU DÔME CE SOIR, IL Y A DU MONDE. ET ÇA NE VA FAIRE QU'EMPIRER.
FIUUH
D'UN AUTRE CÔTÉ, TANT MIEUX. ÇA M'ÉVITERA DE COGITER.
UN SODA TAILLE "S" ET UNE FRITE !
CE SERA TOUT ?
SALUT !
J'IGNORAIS QUE TU TRAVAILLAIS ICI !

JE VOULAIS ÊTRE LÀ LE PREMIER !
JE NE VOULAIS PAS PERDRE CONTRE SHITARA !
GRRR ! DE QUOI J'AI L'AIR, MAINTENANT ?
EN FAIT, C'EST MOI QUI ÉVITE KOTORI. PAS LE CONTRAIRE.
JE DOIS ÊTRE PLUS POSITIF ! ENTREPRENANT !
YEAH !
COURAGE !
JE NE DOIS PAS ME LAISSER ABATTRE ! JE NE DOIS PAS PERDRE !
IL A PERDU LA BOULE...
UN COUP DE CHALEUR PEUT-ÊTRE.
...
SI JAMAIS...
SI JAMAIS LE GARÇON QUE J'AI VU TOUT À L'HEURE...
... EST BIEN CELUI AUQUEL JE PENSE...
MAIS...
PEUT-ÊTRE VAUDRAIT-IL MIEUX...
... QUE JE PRENNE MES DISTANCES AVEC KOTORI ?

C'ÉTAIT PLUS POUR ME RASSURER QU'AUTRE CHOSE QUE JE SUIS VENU.
MAIS LA PROCHAINE FOIS, ADRESSE-TOI DIRECTEMENT À SHITARA.
OUPS...
C'ÉTAIT PEUT-ÊTRE UN PEU MÉCHANT, ÇA...
TOC
...
QUOI QU'IL EN SOIT, TU N'AS PAS À ME REMERCIER.
SALUT.
...
RIEN QUE D'Y REPENSER, J'AI LA RAGE.

KAJI !
AH...!
EUH...
JE VOULAIS M'EXCUSER POUR HIER... POUR LE COUP DE TÉLÉPHO-NE...
JE NE T'AI MÊME PAS REMERCIÉ D'ÊTRE VENU...

CE GARÇON...
C'EST ÉTRANGE...
J'AI L'IMPRESSION...
... DE L'AVOIR DÉJÀ VU QUELQUE PART...
MAIS OÙ ?
...

A ROMANTIC LOVE STORY 9

35TH LESSON

カチャ
KSCHA
ザッ
ZAA
?
バッ
BAA
CE GAR-ÇON...

• CONGÉS
ALORS KAJI, IL PARAÎT QUE TU AS FAILLI AVOIR DES PROBLÈMES HIER SOIR ?
TU AS ÉTÉ SUIVIE PAR UN DÉTRAQUÉ, C'EST BIEN ÇA ?
EUH... EH BIEN... NON, JE...
IL FAUT FAIRE ATTENTION, DE NOS JOURS.
OU... OUI.
À PARTIR D'AUJOURD'HUI, JE PEUX TE RACCOMPAGNER, SI TU VEUX ?
HEIN ?
SI ÇA SE TROUVE, LE DÉTRAQUÉ RÔDE ENCORE DANS LES PARAGES.
ACCEPTE ! C'EST PLUS SÛR !
EU... EUH...
BON. JE VAIS BOUGER LES PALETTES.
OK.
BON COURAGE.
CLAC
パタン
...

SUR CE...
... SHI-TARA...
... JE TE LA CONFIE.

JE SUIS CONTENT DE T'AVOIR TROUVÉE.
VU QUE TU AVAIS PARLÉ DES LIGNES AÉRIENNES...
... JE M'ÉTAIS DIT QU'EN CHERCHANT PAR ICI, JE TOMBERAIS SUR TOI.
JE SUIS RASSURÉ DE VOIR QUE TOUT VA BIEN.

YU...
YUKITO...
GLOUPS
TAA
パッ

À MOINS QUE… TU N'AIES PAS CONFIANCE EN MOI ?
HEIN…?
KOTORI.

TU PEUX TE LAISSER ALLER...
TOUT IRA BIEN, MAINTENANT.

J'AI CHERCHÉ PARTOUT, MAIS JE N'AI VU PERSONNE DE LOUCHE.
HEUREUSEMENT QUE JE PASSAIS PAR LÀ. QUAND JE T'AI VUE ACCROUPIE CONTRE CE MUR, JE ME SUIS DEMANDÉ CE QUI POUVAIT BIEN SE PASSER !
C'EST UN RACCOURCI QUE JE PRENDS SOUVENT EN RENTRANT DU TRAVAIL.
...
TOUT VA BIEN ?
EUH...
OU...
OUI.
MERCI.
C'ÉTAIT SANS DOUTE MON IMAGINATION QUI ME JOUAIT DES TOURS.

SHI... SHITARA...?

...
KYAAH !
KOTO-RI ?!
KOTORI ?!

COMMENT ÇA, "RIEN" ?
TU VIENS DE ME DEMANDER À L'AIDE !
IL NE PEUT PAS RIEN Y AVOIR !
OÙ ES-TU ?
PRÈS DE LA GARE...
... DU CÔTÉ DES LIGNES AÉRIENNES.
LA GARE... CELLE DU BOULOT ?
OU... OUI...
QU'EST-CE QUE TU VOIS AUTOUR DE TOI ?
EUH ...
ATTENDS ...

AU SECOURS !
J'AI PEUR...
KO...
KOTORI ?!
QU'EST-CE QU'IL Y A ? QUE SE PASSE-T-IL ?
ALLÔ ?!
TILT
...
TOUT VA BIEN ?
QUELLE... ...IDIOTE...
E... EXCUSE-MOI...
JE L'AI APPELÉ SANS RÉFLÉCHIR...
CE... CE N'EST RIEN...

SALUT ABE.
JE PEUX PASSER
CHEZ TOI ?
IL FAUT QUE JE
TE PARLE D'UN
TRUC... >_<
YUKITO
ÇA...
... DEVRAIT LE FAIRE.
ENVOI...
BRRRR
OUAAH !
YUKITO !
ALLÔ ?
YUKITO ?

BAA
HOP
MON DIEU...
QUE FAIRE ?!
YUKITO !
J'AI PEUR !

CE N'EST PAS MON IMAGINATION !!

...
QUE...
QU'EST-CE QUI M'ARRIVE AUJOURD'HUI...? J'AI VRAIMENT L'IMPRESSION QU'ON M'OBSERVE !
JE N'OSE PAS ME RETOURNER.
DU CALME... C'EST MON IMAGINATION QUI ME JOUE DES TOURS...
OUI... MON IMAGINATION... OUI...?
タッ
TA
...
MON IMAGINA...

...
JE...
JE VAIS PRENDRE UN RACCOURCI...
J'IMAGINAIS QUE CE SERAIT PLUS FRÉQUENTÉ, PAR ICI...
CE N'ÉTAIT PEUT-ÊTRE PAS UNE BONNE IDÉE, CE RACCOURCI.
...
ピタ
TAP
ピタ
TAP

PFF... UN SUPER-MARCHÉ... VOYONS VOIR...
IL ME SEMBLE QUE VERS LA GARE, J'EN AI VU UN...
EN PASSANT, JE VAIS ACHETER UNE FRIANDISE POUR KENKEN.
?
?
BIZAR-RE...
ENCORE CETTE IMPRESSION D'ÊTRE OBSERVÉE !

CHEESE
AU TRAVAIL, JE N'AI PU PARLER NI AVEC SHITARA NI AVEC YUKITO...
NOUS N'AVONS PU PRENDRE AUCUNE DE NOS PAUSES AU MÊME MOMENT...
DANS LE FOND, C'EST PEUT-ÊTRE MIEUX.
JE ME DEMANDE SI YUKITO M'ÉVITE À CAUSE DE CE QUI S'EST PASSÉ À LA SORTIE DU SOUTIEN... ?
DORÉNAVANT, JE VAIS FAIRE COMME SI DE RIEN N'ÉTAIT.
ARRÊTER DE FOCALISER BÊTEMENT SUR LUI...
... ET D'ESPÉRER.
GLOUPS ...!
UN... E-MAIL ...
DE : MAMAN
OBJ. : CHOU
EN RENTRANT DE TON TRAVAIL, TU POURRAIS PASSER AU SUPERMARCHÉ ACHETER UN CHOU, S.T.P. ? MERCI. MAMAN.
MA... MAMAN... ?
COMME SI J'AVAIS LA TÊTE À ÇAAAA !

PAS DE DEUXIÈME BOULOT AUJOURD'HUI... JE VAIS PASSER CHEZ ABE, ÇA ME CHANGERA LES IDÉES.
...

J'AI LE CŒUR...
...
... BRISÉ.
J'AI FAIT L'ERREUR D'Y CROIRE UN PEU TROP FORT, TOUT À L'HEURE.
PFFF...
PLUS ÇA VA, PLUS ÇA SE CONFIRME : ELLE M'ÉVITE.
DIS...
TU CROIS QUE SHITARA ET KAJI SORTENT ENSEMBLE ?
AU FEU D'ARTIFICE, ILS ONT DISPARU TOUS LES DEUX AU MÊME MOMENT.
JE ME DEMANDE CE QU'ILS SONT ALLÉS FAIRE...
IL FAUDRA TIRER LES VERS DU NEZ À SHITARA !

QUELLE IDIOTE...
VOILÀ QUE JE RECOMMENCE À DÉPRIMER TOUTE SEULE.
JE NE PEUX PAS...
... CONTINUER ÉTERNELLEMENT...
... À FOCALISER SUR YUKITO.
!
OH NON ! JE VAIS ENCORE ME FAIRE GRONDER PAR YAMAGAMI !
AU TRAVAIL !
J'AI DÉCIDÉ QUE CET ÉTÉ SERAIT CONSACRÉ À GAGNER DE L'ARGENT, JE NE DOIS PAS L'OUBLIER.
ARGENT ! ARGENT !
...
BIZARRE...
UN INSTANT, J'AI EU COMME L'IMPRESSION...
... QUE QUELQU'UN M'OBSERVAIT.
SERAIT-IL POSSIBLE QUE CE SOIT YAMAGAMI ?
GLOUPS
SI C'ÉTAIT BIEN LUI, IL M'A VUE INACTIVE... ! IL NE VA PAS ME RATER...

POF
...
AI-JE BIEN FAIT... ?
ÉTAIT-CE LA BONNE ATTITUDE À ADOPTER ?
QUAND IL M'A PROPOSÉ...
... J'AI EU UN FLASH... JE ME SUIS RAPPELÉ L'HISTOIRE DE LA MOTO... ET JE N'AI PAS PU DIRE « OUI ».
« IL VEUT PASSER SON PERMIS MOTO POUR POUVOIR FAIRE DES VIRÉES AVEC LA FILLE QU'IL AIME. »

JE VAIS Y ALLER À PIED.
DÉSOLÉE.
MERCI D'AVOIR PROPOSÉ.

À..
À CE PROPOS...
JE SUIS EN VÉLO AUJOURD'HUI. TU VEUX QUE JE T'EMMÈNE ?
...
KOTO...
ÇA IRA, MERCI.

... RI ?
KOTORI ?
LE COURS EST TERMINÉ.
TU VIENS BOSSER, NON ?
OU... OUI.
...

(BLA BLA BLA...)
(BLA BLA...)
ÇA RENTRE PAR UNE OREILLE...
... ET ÇA RESSORT PAR L'AUTRE.

QUE... ?
QU'EST-CE QUI ME PREND DE ROUGIR COMME ÇA ?

APPLE
APPLE

A-T-IL DÉFINITIVE-MENT TOURNÉ LA PAGE ?
OU BIEN AI-JE LE DROIT D'ES-PÉRER UN TOUT PETIT PEU ?
QUAND IL ME REGARDE COMME ÇA, JE NE SAIS PLUS QUOI PENSER.
...
QUE PENSER ?

* POMME
** PAILLE
** 100% PUR JUS

IL M'A PARLÉ...
... NORMALEMENT !
MOI QUI CRAIGNAIS LE PIRE APRÈS CE QUI S'EST PASSÉ HIER...
D'UN CÔTÉ, ÇA ME RASSURE...
... MAIS DE L'AUTRE... ÇA SIGNIFIE QUE SA PROPOSITION DE ME RACCOMPAGNER ÉTAIT DÉSINTÉRESSÉE...
BLUSH
...
POURQUOI EST-CE QUE JE NE PEUX PAS M'EMPÊCHER D'EN VOULOIR TOUJOURS PLUS ?!
BOM
AÏE !
PA... PARDON... J'ÉTAIS DANS LA LUNE.
C'EST À CAUSE DE CETTE CHALEUR...
FIOUH...
BOIS ÇA.

QU'EST-CE QUE...
... JE VEUX VRAIMENT ?
POUIC
AAAH !
C'EST FROID !
QUE...? AH !
QU'EST-CE QUE TU FAIS LÀ À RÊVASSER ?
YUKI-TO !
DÉPÊCHONS-NOUS D'ALLER À LA SALLE.
EUH...
OUI.

JE SUIS BONNE POUR L'ASILE.
…
LA PATTE.
HUUUU…
TRIII
TRII TRII TRII
HMM…
AUJOURD'HUI, C'EST LE DERNIER JOUR DU SOUTIEN. C'EST PASSÉ PLUS VITE QUE PRÉVU.
YUKITO ET MOI NE NOUS VERRONS PLUS QU'AU TRAVAIL JUSQU'À LA RENTRÉE.
HAAA…

CREUSE-TOI UN PEU LA TÊTE.
TON SOURIRE EST TRÈS JOLI, MAIS...
... LE VISAGE QUE TU AS QUAND TU ES SOUCIEUSE, IL TE VA BIEN AUSSI.
JUSQU'À CE QUE...
TES SENTIMENTS...
... T'APPARAISSENT CLAIRS.
QUELS QUE SOIENT LES CHOIX QUE TU FASSES, QUELLES QUE SOIENT TES ERREURS, JE SERAI TOUJOURS DE TON CÔTÉ.
KSCHA
KE...
KENKEN !

NI TOI NI YUKITO N'EN AVEZ ENCORE CONSCIENCE, MAIS JE SUIS CERTAIN QUE LA SOLUTION À TOUT CECI EST SIMPLE.
IL SUFFIRAIT QUE VOUS SOYEZ...
HEIN ...?
... COMME CET OS...
CO... COMME CET OS ?! C'EST-À-DIRE ?
C'EST UNE DEVINETTE ?
RÉFLÉCHIS.
RÉ... RÉFLÉ-CHIR...

ALORS QUE C'EST MOI QUI AI ROMPU AVEC LUI... C'EST NUL !
SUU
KEN-KEN ...?
C'EST ...
C'EST POUR MOI ?
TU... TU ME FAIS CADEAU D'UN DE TES OS-FRIANDISES PRÉFÉRÉS ?
HIN

JE N'EN SAIS RIEN...
VIS-À-VIS DE YUKITO... PEUT-ÊTRE, OUI...
QUAND NOUS ARRIVONS À PARLER NORMALEMENT, ÇA ME FAIT TOUJOURS PLAISIR.
À L'INVERSE, CHAQUE FOIS QUE JE RESSENS DE LA DISTANCE ENTRE LUI ET MOI, ÇA ME REND TRISTE.
QUAND IL EST GENTIL, UNE PART DE MOI NE PEUT PAS S'EMPÊCHER D'ÊTRE JOYEUSE...
MAIS DEPUIS QUE JE SAIS QU'IL EN AIME UNE AUTRE, CHAQUE GESTE GENTIL DE SA PART EST AUSSI UNE SOUFFRANCE...
DE SON POINT DE VUE À LUI, IL NE FAIT CERTAINEMENT RIEN DE SPÉCIAL...
... MAIS EN MOI, IL Y A TOUJOURS UNE PETITE LUEUR D'ESPOIR QUI BRILLE...
C'EST PEUT-ÊTRE POUR ÇA QUE JE SUIS AUSSI DÉSORIENTÉE...

...
NE PAS... ME TORTURER ?
EST-CE QUE... JE ME TORTURE ?

MERCI ! POUR TOUT.
DE RIEN !
N'HÉSITE PAS À FAIRE APPEL À MOI, À L'AVENIR.
D'AUTANT QUE ÇA SEMBLE HOULEUX POUR TOI, EN CE MOMENT.
DODOM
EUH ...
PERSPICACE...
SI JE PEUX TE DONNER UN CONSEIL : NE TE TORTURE PAS TROP.
MÊME SI JE NE SUIS PAS LA MIEUX PLACÉE POUR DIRE ÇA...
TU AS UN COPAIN, HARUNA ?
OUI, SAUF QUE... NON SEULEMENT IL ME PREND DE HAUT, MAIS EN PLUS, JE N'ARRIVE PAS À SAVOIR CE QU'IL PENSE.
MAIS ON N'EST PAS LÀ POUR PARLER DE MOI.
JE DOIS FILER.
SALUT !
SALUT...
VROUM

ALLONS-Y, KOTORI.
DÉPÊCHE-TOI DE TE PRÉPARER.
OK...
J'AI MA BÉCANE DEHORS.
C'EST CELLE QUI EST NEUVE.
PAIEMENT EN TRENTE MENSUALITÉS.
YUKITO, LUI, N'A PAS ENCORE LE PERMIS. QUANT À SHITARA, IL A LE PAPIER, MAIS PAS L'ENGIN.
EUH...
AH...
HÉ !
ON SERA CHEZ TOI EN UN RIEN DE TEMPS.
EN TOUT CAS, ILS M'AURONT BIEN FAIT RIRE...
... AVEC LEUR PETITE COMÉDIE RIDICULE.
...
DE QUOI ON A L'AIR, NOUS, MAINTENANT...
ELLE A UNE BÉCANE... UNE NEUVE...
PAS D'ENGIN
PAS DE PERMIS

HA...
HARUNA ?!
QUOI ?!
HÉÉÉÉ !
HIN !
VOUS DEUX...
VOUS DEVRIEZ AVOIR HONTE.
VOUS ÊTES PIRES QUE DES GAMINS.
GLOUPS

JE LE SENS MAL...
KOTORI, PAR LEQUEL DE NOUS DEUX VEUX-TU ÊTRE RACCOMPAGNÉE ?
HEIN ?!
C'EST TOI QUI VAS DÉCIDER !
REGARD APPUYÉ
LE...
LEQUEL...?
C'EST... C'EST...
SUU
C'EST MOI QUI VAIS TE RACCOMPAGNER.

MOI, JE SAIS OÙ ELLE HABITE. C'EST MOI QUI LA RACCOMPAGNE.
HEIN ?!
DEPUIS QUAND A-T-ON BESOIN DE CONNAÎTRE L'ADRESSE D'UNE FILLE POUR LA RACCOMPAGNER ?
RÉFLÉCHIS AVANT DE PARLER.
OH...
...
... LÀ LÀ.

9
A ROMANTIC
LOVE STORY
34ST LESSON

Boifraic

LAISSE-MOI TE RACCOMPA-GNER.
QUOIIII ?!

EN MÊME TEMPS...
KOTORI...
DODOM
... APRÈS CE QU'IL M'A DIT...
TOI AUSSI, TU AS FINI TON SHIFT ?
HEIN ?
EUH... OUI...
...
RENTRONS ENSEMBLE.
JE TE RACCOMPAGNE.
QUOI ?!
NON, C'EST MOI.

JE...
HÉ, MAIS AU FAIT ?
COMMENT IL A FAIT POUR DEVINER MON PROBLÈME ?!
IL EST DEVIN OU QUOI ?
GRRR
AU REVOIR, KAJI !
AH ! AU REVOIR !
...
YUKITO...
IL A DÛ S'IMAGINER DES CHOSES...
... À PROPOS DE SHITARA ET MOI...
TILT
...!
QU'EST-CE QUI ME PREND DE REPENSER À ÇA ?
YUKITO EN AIME UNE AUTRE. CE QUI PEUT SE PASSER ENTRE SHITARA ET MOI, IL S'EN MOQUE.

PETIT FRÈRE... QU'ON LE VEUILLE OU NON, L'AMOUR EST QUELQUE CHOSE D'ÉGOÏSTE. ALORS LAISSE PARLER TON CŒUR. SURTOUT À TON ÂGE.
KSCHA
TU ME TRAITES COMME UN GAMIN.
TU EN ES UN.
GRRR
...
C'EST ÇA. JE SUIS UN GAMIN.
DÉSOLÉ, HEIN.
UN SALE GAMIN DONT IL N'Y A RIEN À TIRER.
JE...

NON, C'EST NON.
POUR-QUOIIII ?!
PARCE QUE JE NE VEUX PAS AVOIR AFFAIRE À LA POLICE POUR SATISFAIRE TES LUBIES.
IMAGINE UN PEU, SI TU TE BLESSES ? KOTORI EN PLEURERAIT !
QUE...
... QUE VIENT FAIRE KOTORI DANS CETTE HISTOIRE ?
D'ABORD, JE NE VOIS PAS POURQUOI ELLE ME PLEURERAIT... ELLE ET MOI, C'EST...
PAT
POURQUOI ES-TU SI PRESSÉ ?
SANS LANGUE DE BOIS NI CONTRE-VÉRITÉS NI EXCUSES FALLACIEUSES...
QU'EST-CE QUE TU VEUX FAIRE, RÉELLEMENT ?
C'EST ÇA, LA VRAIE QUESTION.
QUELLE EST TA PRIORITÉ NUMÉRO UN ? LA VRAIE ?

HEIN ?
APPRENDS-MOI À CONDUIRE...
JE VEUX VITE APPRENDRE ...
ET DEVENIR BON...
PAS QUESTION...
... DE M'AVOUER VAINCU !
...
OK. JE TE LA PRÊTERAI. MAIS QUAND TU AURAS TON PERMIS.
CE SERA TROP TARD !

JE N'AURAIS...
... PAS DÛ...
... VENIR.
À TABLE ! C'EST PRÊT.
QU'EST-CE QUE TU AS ? TU BOUDES ?
...
TU FAIS ÇA POUR M'EMBÊTER ?
TU N'AIMES PAS MA CUISINE ?
...
MUUH
DÉPÊCHE-TOI DE DESCENDRE.
GRAND FRÈRE...
... TU POURRAS ME PRÊTER TA MOTO ?

* KINGYO

グッ
TAC
!
YUKI...

C'EST ELLE... ?!
TROP FORT !
JE N'EN CROIS PAS MES YEUX !
PAR-DON...
PARDON...
JE SUIS TROP FORT !
RÉUSSIR À LA TROUVER AU MILIEU DE CETTE FOULE...
... JE SUIS TROP FORT !
OU PEUT-ÊTRE...
... QUE CE N'EST PAS JUSTE MOI...
MAIS... LE DESTIN ?!
KOTORI !

OH
OUAH !
AUTANT CHERCHER UNE AIGUILLE DANS UNE BOTTE DE FOIN...
QUEL MONDE !
« JE ME DEMANDAIS...
« ... SI PAR HASARD...
« ... TU SERAIS DISPONIBLE POUR ALLER VOIR LE FEU D'ARTIFICE AVEC MOI... »
JE NE PEUX PAS NON PLUS LUI TÉLÉPHONER... ELLE CROIRAIT QUE JE SUIS VENU POUR ELLE.
...

IL N'EST PAS...
... COMME LA PREMIÈRE FOIS QUE JE L'AI VU.
IL N'A RIEN À VOIR AVEC YUKITO !
IL SEMBLE AVOIR L'HABITUDE DES FILLES...
BAA
CO...
COMMENT SUIS-JE CENSÉE ME COMPORTER, AVEC UN GARÇON COMME CELUI-CI ?
JE NE SUIS PAS PRÉPARÉE !
JE SUIS PERDUE !
QUE FAIRE ?!

TU...
... NE MANGES PAS, TOI ?
JE N'AI PAS ASSEZ FAIM POUR EN MANGER UN ENTIER.
JE T'EN PRENDRAI UN PEU.
HEIN ...?
ALLEZ, KOTORI. JUSTE UNE PETITE BOUCHÉE.
あーん
AAAAH
...
QUOIIII ?!
CRUNCH
IL... IL L'A VRAIMENT MANGÉ... COMME ÇA...
C'EST FROID ! MAIS C'EST BON !
MAIS AU FAIT...
IL M'A APPELÉE PAR MON PRÉNOM...
... AU LIEU DE MON NOM DE FAMILLE !

ET PUIS SURTOUT... JE N'AI AUCUNE ENVIE DE TE LÂCHER.
JE...
JE NE SAIS PAS QUOI LUI RÉPONDRE...
LÀ-BAS...
... IL N'Y A PERSONNE. SI NOUS ALLIONS NOUS REPOSER UN PEU ?
TIENS. TON KAKI-GOORI À LA FRAISE.
ME...
MERCI.
DE...
... DE QUOI LUI PARLER... ?
...
TOUT LE MONDE NOUS REGARDE...
PARADOXALEMENT, J'AI L'IMPRESSION QU'IL N'Y A PLUS AUCUN BRUIT AUTOUR DE NOUS...

E...
HÉ !
SHITARA..
JE ME PRENDRAIS BIEN UN RAFRAÎCHISSEMENT ! ÇA TE DIRAIT, UN KAKIGOORI ?
QUEL PARFUM TU PRÉFÈRES ?
HEIN ?
EUH...
FRAISE.
OK. UN KAKIGOORI FRAISE POUR TOI.
GLOUPS
A...
ATTENDS ! TA... TA MAIN...
OUPS... JE ME SUIS LAISSÉ AVOIR.
VU LA FOULE, IL VAUT MIEUX FAIRE EN SORTE DE NE PAS SE PERDRE DE VUE...
... NON ?

HEIN ...?!
QUE ...
TOUT VA BIEN ?
TA...
TA MAIN...

* KINGYO-SUKUI = JEU DE PÊCHE AUX POISSONS ROUGES
** FAIT MAIN
*** BANANES

LE FEU D'ARTI-FICE...
KAJI ? TU N'AS PAS EU LE MESSAGE ?
QUEL MESSAGE ?
IL SE PASSE QUELQUE CHOSE ?
IL Y A EU UN PROBLÈME AVEC LA LIVRAISON. ON EST AU CHÔMAGE TECHNIQUE CE SOIR. ON T'A ENVOYÉ UN E-MAIL POUR TE DIRE QUE CE N'ÉTAIT PAS LA PEINE DE VENIR.
AH BON ? JE N'AI PAS REGARDÉ MON POR-TABLE. EXCU-SEZ-MOI.
IL N'Y A PAS DE MAL. MAIS TU AS FAIT LE TRAJET POUR RIEN.
BAH ! MERCI QUAND MÊME.
DE RIEN.
BAA
J'AURAIS TELLEMENT AIMÉ QU'ON PUISSE LE VOIR ENSEMBLE...

BLUSH
HEIN ...?!
DE... DEVANT TOUT LE MONDE, EN PLUS ...!
IL Y A CHEZ TOI UNE PURETÉ, UNE FÉMINITÉ QU'ON NE TROUVE PAS CHEZ HARUNA, PAR EXEMPLE.
AAAAAÏE !
SHIIITAAAA-RAAAA...?
QU'EST-CE QUE JE SUIS CENSÉE COMPRENDRE ?
LE MESSAGE ME PARAÎT POURTANT CLAIR.
ET TOI, KAJI ? QUE PENSES-TU...
HEIN ?!
... DE SHITARA ?
LAISSE-LA, TU VOIS BIEN QUE ÇA LA GÊNE.
DÉSOLÉ, NE L'ÉCOUTE PAS.
AU SECOURS !
HA... HA... HA...
JE N'AIME PAS...
... CE GENRE D'AMBIANCES...
JE NE SAIS PLUS OÙ ME METTRE...

* JAGABUTTER = POMMES DE TERRE AU BEURRE

*TAKOYAKI = BOULETTES AU POULPE
** KAKIGOORI = GLACE PILÉE PARFUMÉE AU SIROP
*** TOUT POUR LE GOÛT

OUAAAH !
L'EXPLOSION ME RÉSONNE JUSQUE DANS LA POITRINE !
DU CALME, SHITARA...
ME CALMER ? C'EST LA PREMIÈRE FOIS QUE JE VOIS UN FEU D'ARTIFICE D'AUSSI PRÈS !
C'EST ÇA, C'EST ÇA...
...
JE NE SAVAIS PAS QUE SHITARA SERAIT LÀ, LUI AUSSI...
SA PRÉSENCE ME MET UN PEU MAL À L'AISE... JE N'OSE PAS LE REGARDER...
D'AUTANT MOINS QUE...
YAMAGAMI... TU ES DE LA FÊTE, TOI AUSSI ?
ÇA TE POSE UN PROBLÈME ?

DÉSOLÉ DE T'AVOIR RETENU.
SALUT !
PAA

BON.
DONC TU NE VERRAS PAS D'INCONVÉNIENT À CE QUE JE TENTE UNE APPROCHE ?
COMMENT ...?!
POUR-QUOI...
... TU ME POSES LA QUESTION ?
TU N'AS PAS BESOIN DE MA PERMIS-SION...
NON, BIEN SÛR.
MAIS TU ES SON EX. COMME TU SEMBLES NE PAS AVOIR TOURNÉ LA PAGE, JE PRÉFÈRE VÉRIFIER...
SI JAMAIS NOUS DEVIONS DEVENIR RIVAUX, JE PRÉFÈRE QUE ÇA SE FASSE AU GRAND JOUR.

PARDON ?
MA QUESTION EST CLAIRE.
QU'EST-CE QU'ELLE EST POUR TOI ?
BOF...
RIEN DE PARTICU-LIER.

TU FINIS TÔT, AUJOURD'HUI ?
J'AI UN DEUXIÈME BOULOT.
POURQUOI ?
NON, JUSTE COMME ÇA.
ALORS SALUT.
COMMENT TU TE SITUES PAR RAPPORT À KAJI ?

YAMAGAMI, NOUS VENONS DE RECEVOIR UNE COMMANDE À LIVRER.
BIEN. MATSUDA EST LÀ ? JE PRÉFÈRE CONFIER LES LIVRAISONS À DES HABITUÉS. DE PRÉFÉRENCE, CEUX QUI ONT LEUR PERMIS MOBYLETTE.
NON. IL EST DU SOIR AUJOURD'HUI.
ET TOUS CEUX QUI ONT LEUR PERMIS SONT OCCUPÉS.
TANT PIS.
KAJI ! TU PEUX T'EN OCCUPER À VÉLO ?
OK !
UNE SECONDE !
JE VAIS M'EN CHARGER.
JE VIENS DE PASSER MON PERMIS.
OK. ALORS JE COMPTE SUR TOI, SHITARA.
J'AI FAIT PLUSIEURS LIVRAISONS À VÉLO AUPARAVANT. J'AI L'HABITUDE. ET PUIS JE CONNAIS BIEN LES RUES DU QUARTIER.
COMPRIS !

QU'EST-CE QUI ME PREND ?!
UN MENU B...
... ET UN MENU C.
UNE ENVIE...
... PUISSANTE.
IRRÉPRES-SIBLE !
...
JE SUIS BIZARRE, DEPUIS HIER !
DEPUIS QUE JE L'AI PRISE DANS MES BRAS...
J'AI ENVIE DE LA TOU-CHER...
TERRIBLEMENT ENVIE...

SALUT LÀ-DEDANS !
バッ
BAA
スッ
SUU
...
HMM...
OUPS ...
JE ME SUIS ENDORMIE ?

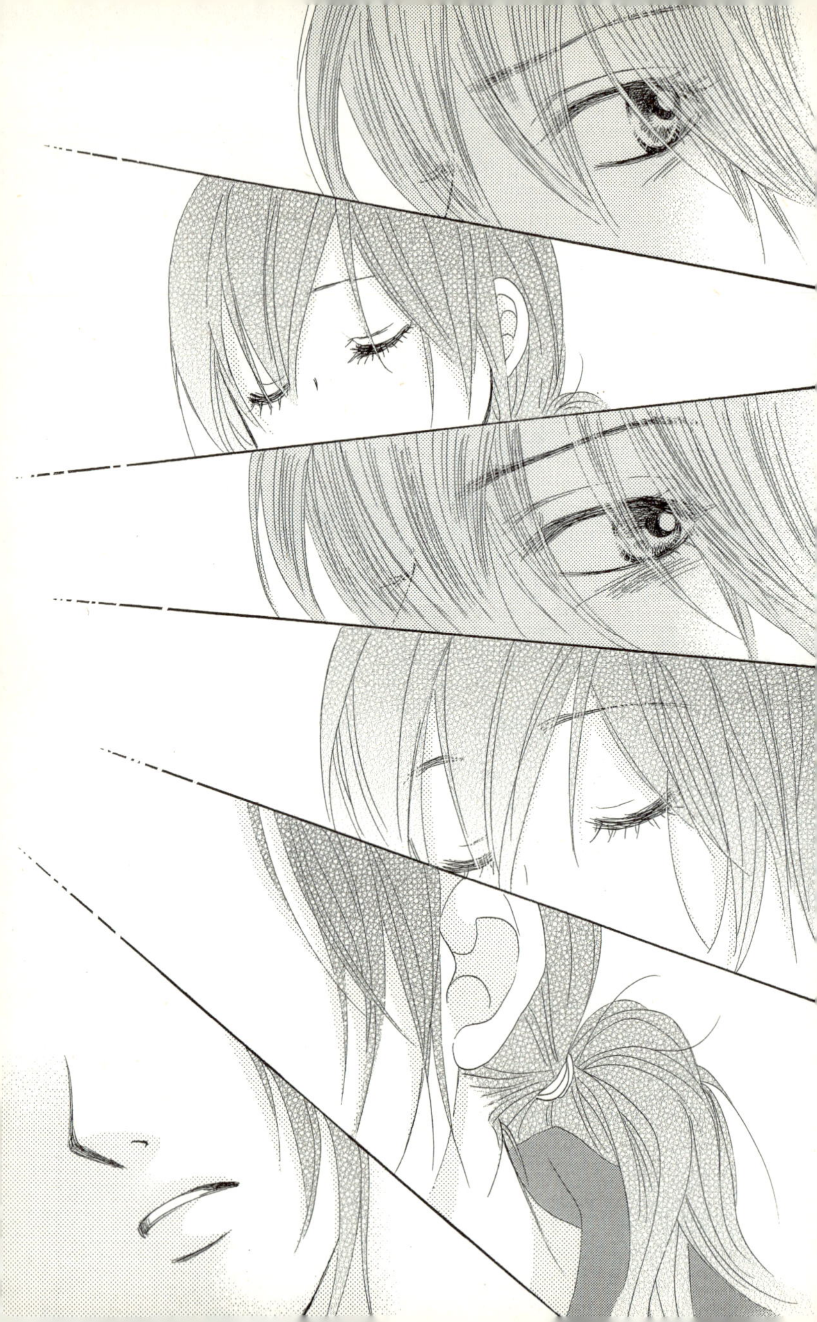

カチャ
KSCHA
ドキッ
DODOM
OH...
IL NE MANQUAIT PLUS QUE ÇA... ELLE EST EN PAUSE AU MÊME MOMENT QUE MOI...
...
JE NE SAIS PAS OÙ ME METTRE...
TSSK...
ELLE DORT.

UN ACTE DE GENTILLES-SE...
... PEUT PARFOIS FAIRE SOUF-FRIR PLUS QUE TOUTES LES MÉCHAN-CETÉS.
HIER...
...
... IL M'A ENLACÉE ! VOLONTAIRE-MENT ! JE N'AI PAS RÊVÉ ?
COMMENT INTERPRÉTER CE GESTE...
... ALORS QUE C'EST D'UNE AUTRE FILLE...
... QU'IL EST AMOUREUX, MAINTENANT ?

* TOMATES ** LAITUE *** CONSERVER AU CONGÉLATEUR - CUISSES DE POULET

TU AS L'AIR FATIGUÉE...
HEIN ?
EUH... TU... TU TROUVES ?
DODOM
IL FAUT DORMIR, LA NUIT ! TU AS PRIS UN LONG SHIFT AUJOURD'HUI. TU ES SÛRE QUE ÇA VA ALLER ?
JE TE PRÉVIENS : QUAND TU SERAS EN CAISSE, JE NE VEUX PAS TE VOIR FAIRE CE GENRE DE TÊTE DEVANT LES CLIENTS !
COM... COM-PRIS.
AUJOURD'HUI, NOUS AVONS REÇU BEAUCOUP DE PALETTES. JE VEUX QU'ELLES SOIENT RANGÉES AU PLUS VITE.
COM-PRIS.
DÉCIDÉMENT, JE NE PEUX RIEN LUI CACHER, À YAMAGAMI... IL FAUT QUE JE ME RES-SAISISSE.
DEPUIS HIER SOIR, JE N'ARRIVE PAS À EFFACER L'IMAGE DE YUKITO DE MON ESPRIT...
JE NE FAIS QUE REPENSER À...
GLOUPS
STOP ! JE SUIS LÀ POUR TRAVAILLER. TRA-VAIL-LER !
S'IL ME VOIT COMME ÇA, YUKITO VA ENCORE S'INQUIÉ-TER.

GWI
EXCUSE-MOI...
JE T'AI FAIT PEUR ? JE N'AURAIS PAS DÛ T'ATTRAPER PAR L'ÉPAULE COMME ÇA.
TOUT À L'HEURE... TU NE T'ES PAS BRÛLÉE, J'ESPÈRE ?
NON ...
... ÇA VA.
...
IL EST TARD. NOUS FERIONS MIEUX DE RENTRER.
OUI.

A ROMANTIC
LOVE STORY
33RD LESSON

ギュ…
SERRE

Chupa Chups
STOP!

PERSONNAGES

Yukito Kaji

Sa naïveté et son grand cœur contrastent avec les rumeurs de passé trouble qui couraient au début de l'année. Il est aussi populaire auprès des filles que des garçons – mais pas pour les mêmes raisons.

Kotori Kaji

Après de nombreux petits amis virtuels, elle en a enfin trouvé un bien réel en la personne de Yukito. Hélas... les choses sont moins faciles en vrai que dans les jeux vidéo !

Shitara

Garçon travaillant avec Yukito et Kotori. Par le passé, il a proposé à Kotori de sortir avec lui.

Matsushima

Amie de Yukito depuis le collège. Elle passe son temps à se coller à lui, comme si Kotori n'existait pas.

INTRODUCTION

Kotori et ses collègues se rendent à un grand feu d'artifice, tout comme **Shitara**, le nouveau prétendant de notre héroïne. Ce dernier profite de l'absence de **Yukito** pour passer à l'action et tente une approche.
Yukito, qui a finalement pu se libérer de ses obligations, fait irruption et les surprend ensemble...

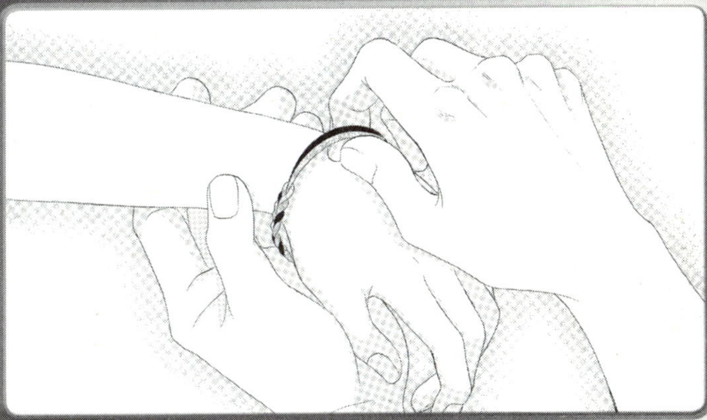

SOMMAIRE

Kaho Miyasaka

A ROMANTIC LOVE STORY 4